# ResumenExpress.com

# Las Confesiones (libros I-IV)

## de Jean-Jacques Rousseau

# GUÍA DE LECTURA

**Escrita por Sabrina Zoubir**
**Traducida por Juan Lopez**

# Las Confesiones (libros I-IV)

## de Jean-Jacques Rousseau

# JEAN-JACQUES ROUSSEAU

Escritor, filósofo y músico ginebrino

- **Nacido en 1712 en Ginebra**

- **Fallecido en 1778 en Ermenonville**

- **Algunas de sus obras:**

  - *Julie o la nueva Heloísa* (1761), novela epistolar

  - *Émile ou De l'éducation* (1762), tratado sobre la educación

  - *Les Rêveries du promeneur solitaire* (entre 1776 y 1778), una reflexión filosófica

Jean-Jacques Rousseau es uno de los pensadores más famosos de la Ilustración y uno de los padres espirituales de la Revolución Francesa. Nacido en Ginebra en 1712, tuvo una juventud agitada durante la cual ejerció diversas profesiones, como las de preceptor y copista. En París, Rousseau se relaciona con los filósofos de la Ilustración y adquiere fama en 1750 con su *Discurso sobre las ciencias y las artes*, en el que desarrolla lo que se convertirá en el tema central de su pensamiento: el hombre nace naturalmente bueno y feliz, es la sociedad la que lo corrompe y lo hace infeliz. Le siguieron obras importantes como *Du contrat social* (1762) y *Émile ou De l'éducation* (1762). Considerados subversivos, fueron rápidamente condenados y prohibidos. Rousseau se ve entonces obligado a una serie de exilios que le mantienen alejado de

Francia hasta 1769. Aquejado de un sentimiento de persecución, dedicó la última parte de su vida a obras autobiográficas: *Les Confessions* (escritas en 1765-1767), y *Les Rêveries du promeneur solitaire* (escritas entre 1776 y 1778). Murió aislado en 1778.

# LAS CONFESIONES (LIBROS I-IV)

Autobiografía de un filósofo de la Ilustración

- **Género:** autobiografía

- **Edición de referencia:** *Les Confessions* (Livres I-IV), París, Gallimard, coll. "Folio classique", 1997, 272 p.

- **1$^{re}$ edición:** 1782

- **Temas :** soledad, tristeza, emoción, vida, memoria, naturaleza, psicología

*Las Confesiones* de Rousseau son una obra autobiográfica publicada póstumamente, cuyos seis primeros libros fueron escritos entre 1765 y 1767 y los seis últimos en 1769 y 1770. Abarca los primeros 53 años de su vida. La idea de escribir sus confesiones tenía sus raíces en un contexto particular. En efecto, al denunciar en el *Emile* la mala influencia del poder político y religioso en la educación, atrajo las iras de las autoridades francesas, suizas y holandesas. Consideraron indecentes sus teorías y, en 1762, ordenaron quemar públicamente el libro y condenar al autor. A Rousseau se le prohibió la entrada en estos países y se exilió en Neuchâtel. Apenas dos años más tarde, Voltaire le acusó de haber escrito un tratado moralista sobre la educación mientras había abandonado a sus cuatro hijos a la asistencia pública. Traicionado por la acusación de su antiguo amigo, Rousseau se sintió mancillado y decidió, en un deseo casi compulsivo de justificarse, escribir sus *Confesiones*.

# RESUMEN

## LIBRO I – 0-16 AÑOS (1712 – MARZO 1728)

Rousseau comienza relatando su nacimiento en Ginebra en 1712 y la muerte de su madre tras el parto. El joven Jean-Jacques se quedó solo con su padre, con quien pasó largas noches leyendo. Estas lecturas moldearon la mente del joven, que descubrió a los grandes autores y una asombrosa gama de sentimientos ("No tenía ni idea de las cosas, que todos los sentimientos me eran ya conocidos", p. 37). Sin embargo, el padre de Rousseau se marchó al extranjero y confió su hijo al pastor Lambercier. En Bossey, Jean-Jacques experimenta sus primeras sensaciones sexuales gracias a los azotes de M$^{lle}$ Lambercier, pero también descubre el sentimiento de injusticia con el episodio del peine roto (en el origen de su profunda repulsión contra la injusticia). En 1724, vuelve a casa de su tío en Ginebra durante unos meses, antes de comenzar su aprendizaje: primero con el Sr. Masseron (dependiente), luego con el Sr. Ducommun (grabador), ambos despectivos y tiránicos con él. Estas desafortunadas experiencias desarrollan en él ciertos vicios que llevan al joven aprendiz a mentir y robar.

Unos años más tarde, cuando regresaba de un paseo por el campo, Rousseau encontró las puertas de la ciudad cerradas. Vio en ello una señal del destino y decidió abandonar Ginebra para siempre.

# LIBRO II – EL AÑO DE SU 16 CUMPLEAÑOS (MARZO-DICIEMBRE DE 1728)

Jean-Jacques comienza una vida itinerante: deambula por Ginebra y no deja de asombrarse ante una naturaleza tan bella. Conoció al Sr. de Pontverre, un sacerdote benévolo que le aconsejó ir a Annecy para alojarse con un tal Sr.$^{me}$ de Warens (1700-1762). El joven de 16 años obedece, lejos de sospechar lo decisivo que será para él este encuentro. Esta mujer, por la que confesó sentir un amor instantáneo, lo envió al hospicio para catecúmenos de Turín, donde un moro abusó sexualmente de él. Una vez convertido al catolicismo, abandonó el hospicio sin remordimientos.

Deambulando esta vez por las calles de Turín, conoce a M$^{lle}$ de Basile, con quien mantiene una breve y platónica relación amorosa, y luego ella le consigue un puesto como lacayo de la condesa de Vercellis. Sin embargo, como un auténtico granuja, Jean-Jacques roba una cinta y acusa descaradamente a Marion, la criada, de haber cometido el hurto. Consternada, la pobre muchacha rompe a llorar, y su aparente debilidad le hace mal ante "tan diabólica audacia" de Rousseau. Al final, ambos son expulsados y Jean-Jacques emprende el camino hacia su destino.

# LIBRO III – DE 16 A 18 AÑOS (MARZO 1728 – ABRIL 1730)

El vigor de su juventud combinado con la ociosidad que experimenta al volver con su antigua anfitriona lleva a Jean-Jacques a practicar el exhibicionismo. En busca de un nuevo hogar, visita ocasionalmente a M. Gaime, un abad de Saboya. En el curso de sus intercambios, Rousseau descubre y reflexiona sobre toda una serie de nociones filosóficas. Luego, gracias al conde de la Roque, se convirtió en lacayo en una casa de gran renombre, la del conde de Gouvon. Jean-Jacques, decepcionado al principio por volver a ser criado, se hace notar sin embargo por su inteligencia y se convierte en secretario de éste. Pero a pesar de esta nueva posición y de su buen entendimiento con el conde, sólo tiene una idea en mente: encontrar a Annecy y a M<sup>me</sup> de Warens. Le despiden y va a su casa sin avisar.

A pesar de los temores del joven, M<sup>me</sup> de Warens le invita a quedarse con ella. Este fue el comienzo de una larga y tierna complicidad. Durante un seminario sobre música, conoce a M. Le Maitre, músico con el que más tarde irá a Lyon. Este último era epiléptico y sufrió un terrible ataque en plena calle. Cediendo al pánico, Rousseau le abandonó y huyó cobardemente.

# LIBRO IV – DE 18 A 19 AÑOS (ABRIL 1730 – OCTUBRE 1731)

De vuelta en Annecy, Rousseau vive con el Sr. Venture. Piensa mucho en M^me de Warens, sobre todo porque no sabe dónde está. Entonces decide irse a enseñar música a Lausana, aunque no sabe nada de ella. Encontró refugio en la posada del Sr. Perrotet, ante quien se hizo pasar por compositor y profesor de música en busca de público. El posadero promete buscarle estudiantes. Jean-Jacques se convierte pronto en un "maestro cantor, sin saber descifrar una melodía" (p. 98). Sin embargo, tras un concierto desastroso en el que las risas burlonas del público se mezclan con la indignación, se derrumba y confiesa su impostura a uno de sus sinfonistas. Esa noche, toda Lausana es consciente de su engaño y, poco orgulloso, abandona la ciudad.

Durante una escala en Solothurn, conoce al marqués de Bonac, que lo acoge y le da empleo, antes de ayudarle a partir hacia París. Finalmente decepcionado por la idea que tenía de la capital, Jean-Jacques no puede evitar volver a Annecy cuando se entera del regreso de M^me de Warens. Tan benévolo como siempre con su protegido, éste le encontró un puesto como secretario del rey de Piamonte-Cerdeña. Comienza una nueva vida para Rousseau.

# ESTUDIO DE CARACTERES

## LA FAMILIA DE ROUSSEAU

### Sus padres

La madre de Rousseau, Suzanne Bernard, hija del ministro Bernard, era una ciudadana de condición social más bien acomodada. Isaac Rousseau, su padre, era relojero de profesión y procedía de una familia mucho más modesta. Por ello, tarda algún tiempo en conseguir casarse con Suzanne, de la que está locamente enamorado y a la que conoce desde los ocho años. De su amor mutuo nacen dos hijos: un primero, François, y siete años más tarde, un segundo, Jean-Jacques. Pero Suzanne sucumbe a un destino trágico y muere siete días después del nacimiento de su último hijo. Devastado por el dolor, el padre de Jean-Jacques nunca se recuperará, cargando involuntariamente a su hijo con una doble culpa. Para huir de la triste realidad, Isaac opta por escapar a través de los libros que le ha dejado Suzanne. Acompaña a Jean-Jacques en sus viajes literarios y nace una tierna complicidad entre padre e hijo. Sin embargo, esta complicidad termina bastante pronto, ya que a raíz de una disputa con M. Gautier en 1722, Isaac se exilia en Ginebra, dejando a Jean-Jacques al cuidado de su tío, Gabriel Bernard.

## Les Bernard

Rousseau estaba muy unido a sus tíos, pero fue con su primo con quien compartió los momentos más felices de su infancia. Fue una de las primeras personas por las que confesó tener sentimientos reales: "Hasta entonces, sólo había conocido sentimientos elevados, pero imaginarios. La costumbre de vivir juntos en paz me une tiernamente a mi primo Bernard. (p. 42) Juntos pasan casi cinco años inolvidables internados con la familia Lambercier. Jean-Jacques describe así su relación: "Nuestro trabajo, nuestras diversiones, nuestros gustos eran los mismos: estábamos solos, teníamos la misma edad, cada uno de nosotros necesitaba un compañero; separarnos era, en cierto modo, aniquilarnos". (p. 42)

## Jean-Jacques

Es al mismo tiempo el protagonista de las *Confesiones*, el narrador de la historia y el autor del texto; una peculiaridad que puede dificultar la comprensión del personaje. Desde el principio, Rousseau manifiesta claramente su intención de "pintar al hombre en toda la verdad de su naturaleza", y, en efecto, las descripciones que se hacen no siempre son ventajosas. En un esfuerzo por ser absolutamente transparente, Rousseau revela sus debilidades al lector, habla de sus fracasos sin ambages y confiesa sus faltas morales. Al principio de las *Confesiones*, atrae la compasión del lector presentándose como un niño enfermizo, casi minusválido:

Nací casi moribundo; había pocas esperanzas de preservarme. Traje conmigo la semilla de un inconveniente que los años han fortalecido, y que ahora a veces me da un respiro sólo para dejarme sufrir más cruelmente de otra manera. (p. 36)

Esta fragilidad parece ir de la mano de la hipersensibilidad que expresa, ya sea en contacto con la naturaleza, las mujeres o la literatura. En cuanto a sus relaciones amorosas, por ejemplo, todas son tan intensas como platónicas. Presumiblemente, lo que él describe como una falta de éxito con las mujeres es en realidad un problema relacionado con una confusión entre su imaginación y el mundo real. La razón es la impresionante cantidad de material de lectura que absorbe desde una edad temprana. Esto forjó su amor por los viajes, su carácter soñador y provocó su inadaptación social. Inmerso en todas estas historias románticas, la realidad ya no está a la altura de sus expectativas, e instintivamente se repliega sobre sí mismo y se vuelve solitario.

Sin embargo, todos estos aspectos frágiles y sensibles de su ser forman un extraño contraste con algunos de los elementos relatados en sus cuentos. De hecho, a pesar de su aparente timidez con las mujeres, pasa por un periodo de exhibicionismo. Sin embargo, es difícil imaginar que una persona que pretende ser reservada sea capaz de mentir tan descaradamente (cuando acusa a una sirvienta de robo delante de toda una asamblea o cuando pretende ser un compositor famoso cuando no sabe nada de música). ¿Es locura o ambición? Una cosa es cierta: a través de sus elecciones, su asunción de riesgos y su nervio, el complejo personaje de Jean-Jacques despierta admiración a pesar de sus defectos.

## El Lambercier

Rousseau sólo guarda buenos recuerdos de sus años de aprendizaje con el pastor Lambercier, un "hombre muy razonable" (p. 42), que contribuyó a su amable educación.

La hermana del párroco, M$^{lle}$ Lambercier, da catequesis. Es la garante de la autoridad de la madre, pero su severidad no le impide seguir siendo justa ni mostrar a los niños todo el afecto que merecen. También es la fuente de los primeros sentimientos sexuales del joven Jean-Jacques. El pasaje que describe el placer que siente cuando ella le azota es uno de los extractos más conocidos de las *Confesiones*:

Durante mucho tiempo mantuvo la amenaza, y esta amenaza de un castigo que era nuevo para mí me pareció muy espantosa; pero después de la ejecución, me pareció menos terrible a la prueba de lo que había sido la expectativa, y lo más extraño es que este castigo me aficionó aún más a quien me lo había impuesto [...] (p. 44).

## M$^{me}$ de Warens

M$^{me}$ de Warens es una noble con una vida amorosa insatisfecha. Casada muy joven con el Sr. de Warens, del que no tuvo hijos, abandonó a su marido, su familia y su ciudad por capricho por un príncipe que acabó enviándola a un convento. A este respecto, Rousseau dice que ella tomó la decisión de huir en una metedura de pata parecida a la suya, "y que también tuvo mucho tiempo para llorar". (p. 84) Pues esta joven guarda muchas similitudes con Jean-Jacques: como él, es impulsiva y apasionada, como él, pierde a su madre al nacer, y como él, forja su educación en el trabajo, tal y como ella lo vive. [me]Cuando se conocieron a través de M. de Pontverre, Rousseau sólo tenía 16 años, y M. de Warens 28. Fue sin duda el encuentro más decisivo en la vida del autor ("Este periodo de mi vida decidió mi carácter", p. 84). El vínculo que les une le inspira "paz en el corazón, calma, serenidad, seguridad, tranquilidó" (p. 87).

Tampoco faltan las descripciones físicas laudatorias de esta mujer: "Veo un rostro lleno de gracia, unos hermosos ojos azules llenos de dulzura, una tez deslumbrante, el contorno de una garganta encantadora". (pp. 83-84) Su voz hace "temblar" a Rousseau (p. 84). Aunque sus sentimientos hacia ella puedan parecer ambiguos en algunas de sus frases, lo que se desprende sobre todo de sus descripciones es una profunda admiración y respeto. Además, él la llama "mamá" mientras que ella le llama "pequeña".

### El abad de Gaime

El abate Gaime es otro personaje importante de las *Confesiones*, por la fuerte influencia que ejerce sobre el joven Jean-Jacques, pero también porque inspiró al autor la creación del personaje del vicario saboyano. Jean-Jacques estaba deseoso de aprender de él y le gustaba visitarle, porque lo que aprendía en esas charlas tenía un valor incalculable para él:

Con él encontré ventajas que me han beneficiado toda la vida, las lecciones de la sana moral y las máximas de la recta razón [...]. El Sr. Gaime se ocupó de ponerme en mi sitio y de mostrarme a mí mismo, sin escatimarme ni desanimarme [...]. Me dio una imagen real de la vida humana, de la que yo sólo tenía ideas falsas. (p. 133)

# CLAVES DE LECTURA

## EMOCIÓN EN EL CORAZÓN DE UNA EMPRESA SIN PRECEDENTES

Convencido de que la verdad hay que buscarla en el corazón de los hombres, Rousseau se propone a sí mismo como objeto de estudio. Desde las primeras líneas, anuncia el carácter único de su proyecto: "Estoy formando una empresa que nunca ha tenido ejemplo y cuya ejecución no tendrá imitador. Sin embargo, si fue él quien popularizó el género autobiográfico, *Las Confesiones* se inspiraron en una obra de San Agustín (uno de los Padres de la Iglesia latina, 354-430), del mismo título. No obstante, Rousseau hace un relato conmovedor de la historia de su personalidad. Revela todo con una notable atención al detalle, situando la emoción en el centro de sus relatos. Su amplia lectura es la fuente de este enfoque, que le llevó a observar que "no tenía ni idea de las cosas, que todos los sentimientos me eran ya conocidos". (p. 37)

Lejos de ser peyorativo, este predominio de lo sensorial es reivindicado por Rousseau y está en la base de su filosofía: según él, es a través de la sensación como tenemos acceso a la verdad, es decir, a la comprensión del mundo y de nuestro yo más profundo. En este sentido, *Las Confesiones* pueden considerarse precursoras de la psicología moderna: el análisis de uno mismo, de lo que se siente, permite conocerse mejor y superar así el estadio del sufrimiento. No obstante, hay que señalar que el principal objetivo de Rousseau es ayudarnos a avanzar en la historia de la humanidad: "Os ruego […] que no destruyáis una obra única y útil, que puede servir de primer cotejo para el estudio de los hombres." (p. 31)

## REDACCIÓN ESTRATÉGICA

Partiendo de la base de que Rousseau intenta justificarse ante sus lectores en relación con las acusaciones que se le hacen, pone en marcha toda una estrategia para obtener la comprensión, la compasión y la indulgencia del lector. Esta estrategia interviene no sólo en la elección de los acontecimientos que relata, sino también en el estilo intimista que adopta. Como ya hemos señalado, una de las tácticas de Rousseau para ganarse a su lector es despertar su compasión, con el fin de encontrar mejor su perdón. Para ello, se coloca desde el principio en la posición de víctima: "Yo fui el triste fruto de este regreso" (sobre su nacimiento), "nací tullido y enfermo", "mi nacimiento fue la primera de mis desgracias" (p. 35), "nací casi moribundo" (p. 36). Para hacer valer esta condición de víctima, recurre a una hipérbole excesiva y elige así un vocabulario y unos giros que tienden a dramatizar al máximo sus historias. Utiliza este mismo recurso estilístico para hacer que la admisión de sus faltas parezca suave (el robo de la cinta, el placer experimentado durante los azotes del Sr. lle Lambercier, el abandono de su amigo epiléptico en pleno ataque): al magnificar su falta, cuando se produce el remate, el juicio del lector minimiza inconscientemente el acto en cuestión, encontrando al autor tal vez excesivo.

He aquí, por ejemplo, las pocas palabras que dirige a su lector antes de contarle el episodio del nogal: "¡Oh vosotros, lectores curiosos por la gran historia del nogal de la terraza, escuchad la horrible tragedia y absteneos de estremeceros si podéis! Sin embargo, no es más que una mentira sin importancia, como suelen decir los niños, y sin consecuencias reales.

En este sentido, sus diversas confesiones forman parte de su estrategia de escritura: al dar la impresión de hacer un recuento exhaustivo de sus faltas, incluidas las más inconfesables, Rousseau sigue intentando demostrar su inocencia. Si las cosas de las que le acusan sus detractores no están en sus *Confesiones*, el lector deducirá sin duda que son sólo rumores. En cuanto a las acusaciones que se le hacen en este libro, como acabamos de ver, el autor hará todo lo que esté en su mano para justificarse y ganarse la indulgencia del lector juicioso.

## EL PAPEL MÚLTIPLE DE LOS LECTORES

Con *Las Confesiones*, Rousseau intenta establecer una relación especial con su lector. No duda en interrumpir regularmente su narración para dirigirse a él indirectamente: "A medida que el lector avance en mi vida, se dará cuenta de mis estados de ánimo, y sentirá todo esto sin que yo me detenga en ello" (p. 71), "¡Ah! no anticipemos las miserias de mi vida; sólo ocuparé demasiado a mis lectores con este triste tema" (p. 78), etc. Además, observamos algo completamente nuevo en la estructura de las *Confesiones*: la interacción que el autor establece entre él y su lector a través de los diversos papeles que le impone. La primera función que le confiere es la de amigo y confidente. Para ello, cuenta a su lector la historia de su vida con todo lujo de detalles, demostrando así su confianza indefectible en él: lo confiesa todo, incluso lo innombrable. Además, más allá de las confidencias que hace como a un amigo íntimo, al mostrarse vulnerable (a pesar de su gran habilidad literaria, que no deja engañado a un público bien informado), permite que el hombre común se identifique con él y le invita a sentirse más cerca de él. Pero Rousseau no sólo pretende ganarse la amistad de su lector. Además de ser testigo de las aventuras que se le narran, el lector se enfrenta a la difícil tarea de interpretar la historia que se le cuenta. Así expresa Rousseau su voluntad: "A él le corresponde reunir estos elementos y determinar el ser que componen: el resultado debe ser obra suya; y si se equivoca, el error será todo obra suya." (p. 230) De hecho, el papel principal del lector es el de juez de las confesiones: "Si la naturaleza ha hecho bien o mal al juzgar el molde en el que me ha metido, eso es lo que sólo se puede juzgar después de leerme". (p. 33)

## EL TEMA DE LA NATURALEZA

La naturaleza es uno de los temas esenciales de la obra de Rousseau. Lejos de ser un simple escenario, tuvo un efecto salvador sobre él, consolándole cuando se encontraba mal, acompañándole en todas las etapas de su vida. En *Las Confesiones*, asistimos a una verdadera personificación de la naturaleza, que, como testigo de los acontecimientos de su vida, aparece casi como una amiga, y a veces incluso como una madre.

Pero para el joven Jean-Jacques, la naturaleza es también el refugio ideal. Le permite dar rienda suelta a su imaginación y evadirse ante el magnífico espectáculo que ofrece a sus sentidos.

Sin embargo, el placer que le proporciona no es sólo cerebral, sino también físico. Hay que recordar que Jean-Jacques descubrió la naturaleza a través de largas horas de caminata. Durante sus primeros veinte años, ¿cuántos paseos por el campo dio? ¿Cuántas veces recorrió Francia, Italia y Suiza, a menudo sin saber siquiera adónde iba? Para él, la naturaleza es sinónimo de libertad y ausencia de limitaciones, y esto es lo que refuerza el sentimiento positivo y entusiasta que le inspira.

# IDEAS PARA REFLEXIONAR

## ALGUNAS PREGUNTAS PARA PROFUNDIZAR EN SU REFLEXIÓN...

- ¿Cuáles cree que son los límites de la empresa de Rousseau? Argumenta.

- En su opinión, ¿por qué los cuatro primeros libros de las *Confesiones* son más importantes que los otros ocho?

- ¿Qué papel desempeñaron las *Confesiones* en la historia de la literatura?

- ¿Qué diferencias establece entre una autobiografía y una autoficción?

- "Siento mi corazón y conozco a los hombres. No estoy hecho como ninguno de los que he visto; me atrevo a creer que no estoy hecho como ninguno de los que existen. Si no soy mejor, al menos soy diferente. Si la naturaleza hizo bien o mal al romper el molde en el que me encasilló, eso es lo que sólo podrá juzgarse después de leerme. Enumera todas las figuras retóricas que observes en este extracto y coméntalas.

- Si tuviera que relacionar *Las confesiones* con una corriente literaria, ¿cuál sería y por qué?

- ¿Qué se entiende por "filósofo" en el siglo XVIII? ¿Qué papel desempeña? ¿Puede considerarse a Rousseau un filósofo?

- ¿Cuál es la relación de Rousseau con las mujeres? ¿Cómo se explica esto?

- ¿Cómo *arrojan luz* las *Confesiones sobre* la obra de Rousseau?

# PARA IR MÁS LEJOS

## EDICIÓN DE REFERENCIA

ROUSSEAU J.-J., *Las Confesiones* (libros I-IV), París, Gallimard, colección "Folio classique", 1997.

¡Su opinión nos interesa!
¡Deje un comentario en la pagina web de su librería en línea,
y comparta sus favoritos en las redes sociales!

# ResumenExpress.com



## Muchas más guías para descubrir tu pasión por la literatura

## www.ResumenExpress.com

ISBN ebook: 9782808687201
ISBN papel: 9782808698603
Depósito legal: D/2023/12603/1140

Cubierta: © Primento
*Libro realizado por Primento, el socio digital de los editores*